Venerdì 13

JEAN-PIERRE MARTINEZ

Venerdì 13

Traduzione di Annamaria Martinolli

La Comédi@thèque
comediatheque.net

Personaggi

Giacomo
Alice
Alessandra
Alfredo (*opzionale*)
(*Se il personaggio viene utilizzato, vedesi il finale alternativo in fondo*)

Prima di qualsiasi rappresentazione pubblica, professionale o amatoriale, bisogna ottenere l'autorizzazione della SIAE (www.siae.it).

ISBN 978-2-37705-483-1

Il salotto di un appartamento borghese-bohémien. Un quadro avanguardista è posato a terra contro la parete di fondo. Il resto degli oggetti è già imballato. In un angolo, un albero di Natale inghirlandato. La scena è vuota. Suona il telefono e parte la segreteria:

Giacomo (*voce fuori campo*) – Ciao! Avete chiamato Giacomo e Alice. Siamo momentaneamente trattenuti dalla Guardia di Finanza per evasione fiscale, lasciate un messaggio dopo il bip. Sarete richiamati appena ci rilasceranno… Parlate pure…

Si sente il bip e un messaggio.

Alfredo (*voce fuori campo*) – Ciao, sono Alfredo, come state? Ah, no, che stupido, non puoi rispondermi… Volevo confermare per stasera, ma…

Entra Giacomo con una borsa della spesa Lidl e un filone di pane sottobraccio. Avendo le mani occupate, non risponde e si limita ad ascoltare il seguito del messaggio.

Alfredo (*voce fuori campo*) – …arriveremo verso le 20:30. Il mio aereo atterra a Fiumicino. Il tempo di saltare su un bus, lasciare a casa la valigia e ripartire in macchina con Alessandra… Ah, volevo ringraziarti per la valigia. Ne approfitterò per restituirvela. A presto, allora! E non disturbatevi troppo, eh! È solo una cena tra amici.

Giacomo va a posare la borsa in cucina e torna con in mano un cartone di vino di paese scadente. Si toglie l'impermeabile e prende una caraffa dalla credenza. Stappa il cartone, colloca un imbuto sul collo della caraffa e la riempie. Arriva Alice.

Alice – Ciao! Tutto a posto?

Giacomo – Ha chiamato Alfredo, arriveranno con un po' di ritardo.

Alice – Tanto meglio, anche noi siamo indietro con i preparativi…

Si toglie il cappotto.

Alice – Qui dentro si gela, mi pare. Fa più freddo che fuori.

Giacomo – Ho chiuso il riscaldamento. Dobbiamo risparmiare o sbaglio?

Alice si accorge di quello che lui sta facendo.

Alice (*esterrefatta*) – Cosa fai?

Giacomo – Lo vedi da te, scaraffo il vino. Deve respirare un po' prima che lo si possa bere. A quanto sembra così è meglio.

Alice – Forse non era il caso di spendere per una buona annata… Potendo scegliere, preferirei risparmiare sul vino che sul riscaldamento.

Giacomo – È vino di paese. Non chiedermi di quale. Comunque di sicuro non dell'Unione Europea. Un euro e ventiquattro al litro da Lidl. Una promozione per le festività natalizie…

Alice – Allora perché lo scaraffi?

Giacomo (*con ironia*) – È stato il sommelier di Lidl a consigliarmelo. Affinché il prezioso nettare esali tutti i suoi aromi di frutti rossi e vaniglia. Mantenendo comunque un leggero retrogusto d'uva… (*Tornando serio*) Che ne pensi? Preferisci che metta in tavola direttamente il cartone?

Alice – Se le cose stanno così…

Giacomo – E poi non credo che a questa brodaglia faccia male ossigenarsi. Il vino di paese è come acqua di rubinetto. Meglio che decanti un po' prima di berlo. In modo che i gas tossici abbiano il tempo di evaporare, e i metalli pesanti quello di depositarsi sul fondo…

Alice – Hai fatto la spesa?

Giacomo – Sì, ho preso un pasticcio di carciofi nel reparto surgelati. Basta scongelarlo.

Alice – Un pasticcio di carciofi?

Giacomo – Anche quello era in promozione… con un'insalata.

Alice – Bene, vado a preparare gli aperitivi.

Va a prendere i bicchieri.

Alice – Sei passato al Centro per l'impiego?

Giacomo – Sì…

Alice – E quindi?

Giacomo – Mi hanno proposto uno stage…

Alice – Uno stage?

Giacomo – Presso un'azienda.

Alice – Magnifico… Era quello che volevi, no?

Giacomo – Un'azienda agricola biologica di un ex mercante d'arte.

Alice – Un'azienda agricola biologica?... Ma tu ti occupavi di spedizioni!

Giacomo – Sai com'è il Centro per l'impiego… Avranno confuso il fattorino col fattore.

Alice – Ma gli hai pur spiegato che eri coordinatore spedizioni. Cosa ti hanno detto?

Giacomo – A quanto sembra al giorno d'oggi bisogna essere versatili…

Alice – Roba da matti. Prima del licenziamento, dirigevi dieci impiegati. Cosa puoi mai dirigere in un'azienda agricola?

Giacomo – La raccolta delle uova… Ma stai tranquilla, a casa sarò sempre il tuo coordinatore personale.

Alice – Non essere sciocco. Quindi ci sei andato?

Giacomo (*voltandosi verso il quadro*) – Ne ho approfittato per far valutare all'ex mercante il nostro quadro…

Alice – Ah, certo… Quella crosta che hai comprato dieci anni fa, per un occhio della testa, dal tuo amico artista…

Giacomo – Subito dopo il suo primo tentato suicidio… L'ho fatto per toglierlo dai guai. E poi ho pensato che con il tempo avrebbe acquisito valore.

Alice – Se almeno ci permettesse di pagare il riscaldamento… E allora, quanto te l'ha stimato quel capolavoro l'ex mercante d'arte?

Giacomo – Qualche centinaio di euro…

Alice – Ma l'hai pagato 1500!

Giacomo – Certo, ma dopo la morte di Van Gogh i suoi quadri sono saliti alle stelle, no?

Alice – Non ci resta che sperare che il tuo genio della pittura riesca a suicidarsi prima che noi moriamo di freddo… Il quadro, purtroppo, non può di certo acquisire valore, visto che non ne ha.

Giacomo – È questo il problema, con la pittura moderna.

Alice – Spero almeno che Alfredo ci restituisca i 1000 euro che gli hai generosamente prestato. Così potremmo pagare il magazzino per i mobili, nell'attesa dell'assegnazione della casa popolare che ci ha promesso il tuo amico del Comune… Gliene hai parlato, vero?

Giacomo – A chi?

Alice – Ad Alfredo! Dei 1000 euro!

Giacomo – Mi chiedo se sia il momento giusto… Nemmeno lui è messo bene, lo sai. L'azienda telefonica lo ha dislocato in un call center di Perugia. Ti rendi conto? Di Perugia! Era direttore delle risorse umane qui a Roma… E Alessandra, con il suo stipendio da maestra a tempo parziale…

Alice – Sì, ebbene io, di lavori a tempo parziale, ne faccio tre! E i soldi non ci bastano neanche per pagare le bollette!

Giacomo – Va bene, gliene parlerò stasera…

Suona il telefono.

Alice – Saranno loro… (*Rispondendo*) Pronto? Sì, ciao, Alessandra, tutto bene?... Ah, d'accordo… No, no, nessun problema… Ok, ti aspettiamo… A tra poco… (*Riagganciando*) Era Alessandra…

Giacomo – Sì, non so perché ma appena hai risposto e hai detto: "Ciao, Alessandra", ho subito immaginato fosse lei…

Alice – L'aereo di Alfredo è in ritardo, quindi viene da sola in macchina…

Giacomo – E lui?

Alice – Gli ha lasciato un messaggio in segreteria perché ci raggiunga direttamente qui. Credo che prenderemo l'aperitivo senza di lui.

Giacomo – Che razza di idea prendere l'aereo per rientrare da Perugia…

Alice – Sì… Soprattutto perché atterra a Fiumicino. Comunque pazienza, al giorno d'oggi, con il low-cost, un andata- ritorno Perugia-Roma costa meno di un biglietto della metro.

Giacomo le si avvicina e la prende tra le braccia.

Giacomo – Dài, vedrai che ne usciremo.

Alice – Certo che sì… E poi, finché siamo insieme, non può accaderci niente di male, no?

Giacomo – Preferisco bere vino di paese con te, che assaporare Champagne della vedova con chiunque altro.

Alice – La fortuna sta per girare, lo sento. Presto è Natale. E poi oggi è venerdì 13, no?

Giacomo – Magari vinciamo al superenalotto…

Alice – Non giochiamo mai.

Giacomo – Ho preso un biglietto dal tabaccaio, quando siamo andati a trovare tua madre a Milano… Ho giocato il numero d'iscrizione al Centro per l'impiego.

Alice – Mi sento già più rassicurata.

Si baciano.

Giacomo – E Alessandra? È per strada?

Alice – No, sta girando da un quarto d'ora qui sotto per trovare parcheggio…

Giacomo – Ah… Qui nel quartiere, a quest'ora…

Alice – Se avessero una Smart, come noi, al posto della 4x4 Mercedes, avrebbe già risolto.

Giacomo – Hanno due bambini, ad ogni modo. E nella Smart ci sono solo due posti.

Alice – E perché non si sono accontentati di una Twingo? Credevo avessero problemi di soldi…

Giacomo – Lei dovrebbe innanzitutto imparare a parcheggiare.

Alice inizia a tirare fuori le bottiglie. Suona il campanello d'ingresso.

Alice – Hai visto? Sei maldicente. È comunque riuscita a risolvere. Vai ad aprire?

Giacomo va ad aprire.

Giacomo – Ciao, Alessandra. Sei pallidissima, che succede? Sembra tu abbia visto un morto…

Alessandra entra accompagnata da Giacomo. Regge in mano una bottiglia di champagne e in effetti ha l'aria distrutta.

Alessandra (*in lacrime*) – Non sai quello che dici.

Alice, spaventata, le si avvicina.

Alice – Ma che succede?

Alessandra – Stavo per spegnere l'autoradio e scendere dalla macchina. C'era il notiziario. L'aereo di Alfredo è precipitato in mare.

Giacomo – In mare?

Alice – Sei sicura che sia il suo aereo?

Giacomo – Veniva da Perugia…

Alessandra – Era un low-cost. Faceva Perugia-Ajaccio-Roma. Hanno comunicato il numero del volo e il nome della compagnia. Non c'è dubbio. Hanno perso il segnale sopra il Mar Tirreno.

Alessandra scoppia a piangere. Giacomo e Alice si scambiano uno sguardo smarrito.

Alice – Ma forse lo ritroveranno, no?

Giacomo – Il Mar Tirreno non è enorme…

Alice – Forse il pilota è riuscito ad ammarare.

Giacomo – In mezzo a due traghetti.

Alice – È già successo altre volte.

Giacomo – Raramente, ma è successo.

Alessandra – Voi credete?

Alice – Cos'hanno detto alla radio? Hanno detto che non c'erano sopravvissuti?

Alessandra – Ancora non lo sanno.

Alice – E allora!

Giacomo – E poi, l'aereo resta sempre il mezzo di trasporto più sicuro al mondo! Secondo le statistiche, quando prendi l'aereo, hai solo una possibilità su un milione di restarci secco. E le possibilità di vincere al superenalotto sono più o meno le stesse, quindi…

Alice lo guarda costernata.

Alessandra (*distrutta*) – E doveva succedere proprio ad Alfredo… Gli avevo raccomandato di non prendere l'aereo di venerdì 13…

Giacomo – Ad ogni modo, nel Mar Tirreno… almeno ritroveranno di sicuro la scatola nera.

Alessandra scoppia di nuovo in lacrime.

Alessandra – Mio Dio, cosa ne sarà di me senza di lui? Con due bambini, e il mutuo da pagare…

Giacomo e Alice si scambiano uno sguardo di impotenza, non sapendo bene cosa fare.

Alessandra (*in tono patetico*) – E pensare che vi dovevamo ancora restituire i 1000 euro…

Alice – Non parlarne neanche! Non è un problema!

Alessandra porge a Giacomo la bottiglia di champagne che ha portato.

Alessandra – Vi avevo portato questa bottiglia di champagne per ringraziarvi. Se avessi saputo…

Giacomo – Champagne della vedova Clicquot… A quanto pare stai facendo sul serio…

Alessandra – È un incubo… Vi prego, ditemi che non è successo davvero!

Giacomo – Sei sicura non sia uno scherzo?

Alice gli lancia uno sguardo di fuoco.

Alice – Su, vieni a sederti. Adesso accendiamo la televisione così seguiamo le notizie, va bene?

Alice accende la televisione. C'è una televendita.

Voce fuori campo – Sapete qual è la differenza tra queste due casse da morto? Il prezzo! Pompe funebri *Poveretti*, perché già la vita costa troppo… (*Alice cambia canale e finisce sull'oroscopo*) Leone, oggi non è proprio il vostro giorno fortunato…

Alessandra – Io sono Leone…

Voce fuori campo – Evitate i viaggi…

Alice – Ma non c'eri mica tu sull'aereo.

Voce fuori campo – Se non potete rinunciarvi, prendete il treno e non l'aereo…

Alessandra – Anche Alfredo è Leone…

Alice – Forse è meglio accendere la radio.

Voce fuori campo – …60 milioni di euro. È la cifra che intascherà il vincitore del superenalotto di questo venerdì 13. L'estrazione avverrà tra poco… (*Alice cambia stazione*) Non ci sono ancora notizie del volo 32 bis della compagnia *Meno di così si muore* proveniente da Perugia e diretto a Roma via Ajaccio…

Alessandra – Avete sentito? È il volo di cui vi dicevo.

Voce fuori campo – Il pilota ha lanciato un SOS giusto prima che l'aereo scomparisse dai radar. Vi terremo aggiornati appena ci arriveranno notizie più precise…

Alice spegne la radio.

Alice – Non resta che aspettare… Per il momento è l'unica soluzione… Ti offro qualcosa da bere, ti risolleverà il morale.

Giacomo – Non mi sembra il caso di stappare lo champagne.

Alessandra (*vedendo la caraffa*) – Prenderò un bicchiere di vino. Visto che l'avete già aperto.

Alice – Non preferiresti forse qualcos'altro?

Alessandra – No, sono sicura che il vino andrà bene.

Giacomo ne versa un bicchiere e lo porge ad Alessandra, che lo svuota d'un sorso sotto lo sguardo un po' preoccupato della coppia.

Alessandra (*a Giacomo*) – Con quello che mi è successo, ho perso completamente il senso del gusto… Non sono neanche più capace di apprezzare una buona annata.

Giacomo – Già…

Alessandra – Oh, santo cielo!... Mia madre!

Alice – Anche lei era sull'aereo?

Alessandra – I bambini sono a casa sua. Se vedono la TV…

Alessandra digita in fretta un numero sul cellulare.

Alessandra – Pronto, mamma? Sì, lo so, l'ho saputo… I bambini non sono davanti alla TV, vero? Sono a letto? (*Sospira di sollievo*) No, non ho voglia di parlarne adesso… Ti richiamo, va bene?... Senti, non farmi le condoglianze, non è ancora morto, no?... Sì, è probabile, ma non è ancora sicuro, quindi se permetti… E comunque, l'hai sempre odiato… Quante volte mi hai ripetuto che non era l'uomo per me? Che mi meritavo di meglio?... E poi, vaffanculo!

Chiude la chiamata, furibonda. Giacomo e Alice la guardando con una punta di imbarazzo e compatimento.

Alessandra – Non ha mai sopportato Alfredo… Sono sicura che, in fondo in fondo, è pure contenta.

Alice – Ma no, non dire così.

Alessandra – Il giorno del nostro matrimonio, si è inventata la malattia di mio padre per non assistere alla cerimonia…

Giacomo – Ma, a me risulta che tuo padre fosse malato sul serio. È morto alcuni mesi dopo.

Alessandra – Sì, il giorno in cui è nato Massimo… L'ha fatto apposta per rovinarmi il parto!

Alice – Vuoi che ti prenda un calmante?

Alessandra – Mi dispiace di arrecarvi tutto questo disturbo… Non voglio rovinarvi la serata. (*Si alza*) Me ne vado, credo sia meglio.

Alice – Ma non dirlo neanche! Noi siamo amici. A cosa servono gli amici se non puoi contare su di loro in momenti come questi?

Alessandra (*risedendosi*) – Sapevo che l'avresti detto… E poi confesso che non avevo molta voglia di ritrovarmi a casa tutta sola, davanti all'abete, attaccata alla radio in attesa del verdetto.

Giacomo – Forse dovremmo sentire se ci sono novità…

Alessandra – Mi chiedo se ho davvero voglia di sapere… (*Pausa. Ad Alice*) Forza, accendila.

Alice – Ok.

Alice riaccende la radio.

Voce fuori campo – …Gli aerei che sorvolano la zona hanno avvistato una grande chiazza di kerosene sulla superficie dell'acqua. Tuttavia, non si sa ancora se proviene dall'aereo della compagnia *Meno di così si muore* che, lo ripeto per chi si fosse messo in ascolto solo ora, si è inabissato nel Mar Tirreno circa un'ora fa. Aspettiamo di collegarci con il nostro inviato speciale a bordo di uno dei mezzi di elisoccorso… Nell'attesa, vi comunichiamo subito i numeri del superenalotto…

Alessandra – Una chiazza di kerosene… Significa che l'aereo è precipitato... Non può esserci alcun sopravvissuto.

Giacomo e Alice non trovano le parole adatte per risollevarle il morale.

Voce fuori campo – I numeri vincenti sono: 1-5-2-7-9-6… Numero Jolly: 10.

Giacomo diventa una statua di sale.

Alice – Se il pilota è riuscito ad ammarare, magari alcuni passeggeri sono usciti prima dell'inabissamento dell'aereo…

Voce fuori campo – Il fortunato vincitore si intascherà la bella cifra di 60 milioni di euro, con buone prospettive per il futuro.

Alice spegne la radio.

Giacomo – È…

Alessandra – Cosa?

Giacomo – No, no, niente.

Alice (*ad Alessandra*) – Hai già preso l'aereo. Rifletti un attimo su quello che dicono le hostess prima del decollo. Le maschere dell'ossigeno che scendono automaticamente, i giubbotti di salvataggio sotto i sedili, le uscite di emergenza a ogni estremità del velivolo, gli scivoli di evacuazione… Ci sono comunque procedure precise in caso di pericolo… Tutto è previsto.

Giacomo estrae dalla tasca, con una certa discrezione, il modulo d'iscrizione al Centro per l'impiego e lo guarda.

Alessandra – Le hostess… Stai scherzando, spero?... Certo per guardarle, Alfredo le guarda… Ma quanto ad ascoltarle… Sai come sono fatti gli uomini.

Giacomo – Cazzo!

Alessandra – Prendi Giacomo, per esempio. (*A Giacomo*) Tu lo sai quello che dicono?

Giacomo viene colto alla sprovvista.

Giacomo – Cosa? Chi?

Alessandra (*ad Alice*) – Ecco, vedi?... Cosa ti dicevo.

Alice (*a Giacomo*) – Cosa dice l'hostess prima del decollo? In caso di... depressurizzazione dell'apparecchio.

Giacomo (*in stato di sovreccitazione*) – I… I paracaduti sotto i sedili, il boccaglio che cade dal soffitto, le pinne nella scatola dei guanti, ti riferisci a questo?

Alice lancia uno sguardo di rimprovero a Giacomo.

Alice (*ad Alessandra*) – E nessuno ti ha chiamato?

Alessandra – A quest'ora Alfredo sarà di sicuro in fondo al Tirreno. Come vuoi che mi chiami?

Con la testa da un'altra parte, Giacomo riaccende la televisione.

Voce fuori campo – Vi ricordo che i numeri vincenti del superenalotto di questo venerdì 13 sono: 1-5-2-7-9-6. Numero Jolly: 10. Per un montepremi di 60 milioni di euro…

Giacomo controlla un'altra volta il modulo d'iscrizione al Centro per l'impiego.

Giacomo – Oh, cazzo!

Alice spegne la televisione.

Alice – No, intendevo dire… Ci sarà sicuramente un'équipe di psicologi… In questi casi, attivano sempre un'équipe di psicologi… per avvisare i parenti… dargli sostegno… Cose così.

Giacomo (*ad Alice*) – Posso dirti due parole?

Alice – Cosa c'è?

Giacomo – In privato.

Il cellulare di Alessandra suona.

Alice – Hai visto? Saranno loro.

Alessandra – Non sono sicura di voler sapere…

Il telefono continua a suonare.

Alice – Vuoi che risponda io?

Alessandra – Oh, sì, ti prego!

Alice risponde.

Alice – Pronto… Sì… No… Ah, d'accordo… Va bene… No, no… Sì, sì, siamo felicissimi, come no. Ok, grazie.

Alice posa il telefono.

Alessandra – Allora?

Alice (*con la testa altrove*) – Era la tua ginecologa… Dalle analisi del sangue che hai fatto…

Alessandra – Ebbene?

Alice – Risulta che sei proprio incinta.

Alessandra (*distrutta*) – Oh, mio Dio.

Alice – Lo vuoi un altro bicchiere di vino?

Alessandra – Sì, grazie.

Alice riempie di nuovo il bicchiere di Alessandra.

Giacomo (*ad Alice*) – Ehm… Devo assolutamente parlarti.

Alice (*a Giacomo*) – Ti sembra questo il momento?

Giacomo – È importantissimo, credimi.

Lo sguardo di Alessandra cade sul quadro.

Alessandra – È davvero bizzarro, quel quadro, non vi pare?

Alice – Sì, in un certo senso, sì.

Alice le porge il bicchiere.

Alessandra – Il tipo che l'ha dipinto doveva essere spaventosamente depresso. (*A Giacomo*) È un amico tuo?

Giacomo – Sì, diciamo pure così… È un ungherese, credo.

Alessandra – Ah, sì, si vede. (*A Giacomo*) Si è suicidato?

Alice – Ancora no, purtroppo.

Alessandra svuota il bicchiere d'un sorso.

Alessandra (*ad Alice*) – Dammene un altro.

Alice – Forse non dovresti bere tanto, nelle tue condizioni…

Giacomo (*non sapendo cosa dire*) – E così, sei in attesa di un lieto evento!

Alice lo fulmina con lo sguardo.

Giacomo (*ad Alice*) – Devo proprio parlarti.

Alessandra – Hai ragione, mi gira la testa. Vado a prendere un po' d'aria sul balcone.

Alice – Vuoi che ti accompagni?

Alessandra – No, grazie, ho bisogno di stare un po' da sola.

Alice – Va bene.

Alessandra esce sul balcone. Giacomo attende con impazienza la sua uscita.

Giacomo – Non indovinerai mai cosa ci è capitato!

Alice (*con la testa altrove*) – Incinta… ma ti rendi conto?

Giacomo – Sei incinta? Magnifico! Fino a un quarto d'ora fa l'avrei presa come una catastrofe naturale. Ma ora, prendo tutto dal lato positivo. E lo sai perché?

Alice – Ma non sono io a essere incinta!

Giacomo – Ah, sì, è vero! E io nemmeno.

Alice – È vero che voi uomini non ascoltate mai quando vi parliamo.

Giacomo – Quindi la donna incinta chi è?

Alice – Alessandra! Ti rendi conto? Nello stesso giorno scopre che il marito è disperso in un disastro aereo e di aspettare un figlio da lui.

Giacomo – Come fai a sapere che è suo?

Alice (*disgustata*) – Non lo so… Sarà forse intuizione femminile?... Siccome i primi due sono suoi, e Alfredo è il marito, è il primo nome che mi viene in mente. È un ragionamento stupido, no?

Giacomo – Comunque non è questo il problema… La sai una cosa?

Alice – Cosa?

Giacomo – Abbiamo vinto!

Alice (*guardando verso il balcone*) – Oh, mio Dio!

Giacomo – Sei sconvolta?

Alice – Alessandra! Sta scavalcando la ringhiera!

Giacomo si volta e vede la scena.

Giacomo – E che cavolo, non la finirà mai di romperci le scatole, questa… Che si butti e la faccia finita. Siamo al primo piano, comunque. Non si farà tanto male.

Senza ascoltarlo, Alice si avvicina alla finestra.

Alice – Ti prego, Alessandra! Non farlo! Pensa ai bambini! E poi siamo a Natale…

Alessandra – Promettimi che se mi butto, te ne occuperai tu. E che non lascerai che li mettano in un istituto.

Alice – Sì, te lo prometto.

Giacomo – Ci mancherebbe solo questo.

Alice – Anzi, no, non te lo prometto, non buttarti! (*A Giacomo*) Dille qualcosa, tu!

Giacomo – Per i bambini c'è sempre tua madre, no?

Alessandra – Allora è meglio che li mettano in istituto.

Alice (*a Giacomo*) – Forse dovremmo chiamare i pompieri.

Giacomo – Ma no, non c'è nessun incendio. Ora la faccio scendere io.

Alessandra – Non avvicinatevi, o mi butto.

Alice (*a Giacomo*) – Che facciamo?

Giacomo – Aspetta, torno subito.

Alice – Non lasciarmi sola!

Giacomo scompare lungo il corridoio.

Alessandra (*in tono patetico*) – Anch'io mi schianterò al suolo. Come un aereo senz'ali. Vado a raggiungere il mio Alfredo.

Alice – Credi davvero che vorrebbe questo? Secondo me ti preferirebbe viva a occuparti dei bambini. E se non fosse morto? Pensa un po', suona alla porta e ti trova spiaccicata al suolo.

Non è il campanello a suonare, ma il cellulare di Alessandra.

Alice – Lo senti? Magari è lui… (*Passandole il telefono*) Su, rispondi.

Alessandra (*esitando*) – Pronto?

Alice (*in direzione del corridoio lungo il quale si è allontanato Giacomo*) – Spero non sia di nuovo la ginecologa per annunciarle che sono due gemelli!

Alessandra – Pronto… Siete sicuri? Va bene. No, no, non preoccupatevi. Sì, grazie, resto vicino al telefono.

Alice – Che succede?

Alessandra – Erano loro… Quelli dell'équipe di psicologi…

Alice – E quindi?

Alessandra – Ci sono dei sopravvissuti… Forse c'è anche Alfredo.

Alice – Magnifico! Hai visto? Se ti fossi buttata in un momento di disperazione…

Giacomo ritorna.

Giacomo – Ti saresti come minimo slogata una caviglia.

Alice – Forza, scendi da lì. (*A Giacomo*) L'équipe di psicologi l'ha appena chiamata. Ci sono dei sopravvissuti.

Giacomo – Lo so.

Alice – Hai sentito?

Giacomo – No, ho chiamato io.

Alice – Cosa?

Giacomo – Dovevo pur trovare il modo di farla scendere da lì!

Alessandra rientra nella stanza.

Alessandra – Hai ragione… Devo avere fiducia. Sento che Alfredo è ancora vivo. Lo so.

Alice lancia uno sguardo di fuoco a Giacomo.

Alice – Credo ti convenga frenare l'entusiasmo… E poi, come sanno che Alfredo potrebbe essere tra i sopravvissuti?

Alessandra – Hanno individuato un tizio aggrappato a una valigia. E sta urlando: "Alessandra, Alessandra…".

Alice fulmina nuovamente Giacomo con lo sguardo.

Alessandra – Ma come fanno a sapere che mi chiamo così?

Alice – Già, me lo chiedo anch'io.

Giacomo – Beh, io chiudo la finestra. (*Ad Alice*) E tu, non permetterle più di avvicinarsi, ok?

Alice (*a Giacomo*) – E cosa le raccontiamo se dovesse chiamare la vera équipe di psicologi?

Giacomo (*ad Alice*) – Di sicuro c'erano diversi passeggeri a bordo la cui moglie si chiama Alessandra. Senza parlare, poi, delle amanti.

Alessandra – Non ho preso il loro numero, purtroppo, me lo sono dimenticato… Volevo chiedergli se potevo recarmi sul posto per partecipare alle ricerche. Vuol dire che selezionerò la funzione "richiama l'ultimo numero".

Alice (*in tono categorico*) – Se fossi in te, non lo farei.

Sguardo esterrefatto di Alessandra.

Alice – Saranno oberati di lavoro. Appena avranno notizie più precise, ti richiameranno.

Giacomo (*ad Alice*) – Devo assolutamente parlarti.

Alice – Sentiamo.

Giacomo – In privato.

Alice – Non possiamo lasciarla sola. Se la polizia chiama per annunciarle la morte di Alfredo, potrebbe tentare di nuovo di buttarsi dal balcone.

Giacomo – Allora andiamo noi sul balcone!

Alice – Sono molto delusa dal tuo comportamento… Ti credevo più solidale con i tuoi amici. Stiamo parlando di Alfredo! Il tuo compagno di liceo! E di Alessandra, la mia migliore amica! Ci hanno fatto da testimoni di nozze. Possiamo pur sacrificare una serata per sostenerla in questa sua disgrazia improvvisa!

Giacomo – Abbiamo vinto al superenalotto.

Alice – Quanto?

Giacomo – 60 milioni.

Alessandra – Prenderò volentieri un altro bicchiere di vino. Con tutte queste emozioni…

Alice (*seccamente*) – La caraffa è lì, come già sai! O preferisci che ti porti il cartone e una cannuccia?

Alessandra accusa il colpo.

Alessandra – Bene, credo sia meglio che me ne vada… Vi ho già disturbato troppo.

Alice torna in sé.

Alice – Scusami. Non era questo che volevo dire. (*Le versa un altro bicchiere di vino*) Ma siamo tutti un po' nervosi. Devi mangiare qualcosa, o finirai per ammalarti. (*A Giacomo, sottovoce, mentre Alessandra svuota il bicchiere*) Credo sia il momento di rifilarle il tuo pasticcio di carciofi.

Giacomo si dirige un attimo in cucina.

Alice – Anche noi volevamo un gran bene ad Alfredo. Siamo davvero sconvolti per la sua morte. Voglio dire: all'idea della sua scomparsa… Ma comunque, bisogna saper voltare pagina, no? Si vive una volta sola.

Giacomo ritorna con una porzione di pasticcio e la passa ad Alice.

Alice (*porgendo il pasticcio ad Alessandra*) – Bisogna saper cogliere il lato buono della vita…

Alessandra mangia un boccone.

Alessandra – Non è male… Cos'è?

Alice (*con ipocrisia*) – È stato Giacomo a cucinarlo. (*A Giacomo*) Che cos'è?

Alessandra (*con la bocca piena*) – Oh, l'importante è che non contenga carciofi. È l'unica cosa a cui sono allergica. Del resto, non ne riconosco più nemmeno il sapore. L'unica volta che ne ho mangiati, ero da mia nonna, in Alto Adige. Sono finita al Pronto Soccorso.

Alice e Giacomo si guardano costernati.

Alessandra – Il lato positivo, con i carciofi, è che quando li mangi te ne accorgi di sicuro.

Alice strappa il piatto dalle mani di Alessandra.

Alice – Forse è arrivato il momento del dessert, che dici?

Alessandra inizia a sentirsi male.

Alessandra – Credo che sto per vomitare… Di solito sto sempre bene. Soprattutto quando mangio piatti così buoni… Sarà lo stress.

Si allontana verso il bagno. Una volta uscita, Alice esplode di gioia.

Alice – Sei sicuro che abbiamo vinto?

Giacomo (*mostrandole il modulo d'iscrizione*) – Il mio numero del Centro per l'impiego! È uscito! L'hanno appena detto alla radio! Non hai sentito? 60 milioni, ti rendi conto? Possiamo comprarci un aereo con una cifra del genere! Magari di seconda mano, ma in buono stato.

Alice – Non riesco a crederci!

Giacomo versa due bicchieri di vino e ne porge uno ad Alice per brindare.

Giacomo – Tieni, assapora un'ultima volta il vino di paese di Lidl, per non dimenticarti di cosa sa. Ti passerà la voglia di berlo di nuovo.

Brindano.

Alice – Incredibile… Ma sei sicuro, non è uno scherzo?

Giacomo – Anch'io stentavo a crederci. Ma ho controllato il numero tre volte. Te lo giuro, è il nostro! Abbiamo vinto! Il superenalotto di venerdì 13!

Alessandra ritorna.

Alice – Non indovinerai mai quello che abbiamo saputo!

Alessandra – Hanno richiamato? È proprio lui? È vivo?

Giacomo (*imbarazzato*) – Ehm, no… Non sono ancora sicuri.

Alice – Ma hanno trovato una valigia che assomiglia molto alla sua. Una valigia Vuitton, che galleggia sulla superficie.

Alessandra – Allora qual è la buona notizia?

Alice – Beh, ecco… (*Isterica*) Almeno possiamo recuperare la valigia!

Giacomo fa segno ad Alice di calmarsi.

Giacomo (*ad Alessandra*) – Scusala… Sono i nervi.

Alessandra – Avete ragione. Quest'attesa, è insopportabile. Anche se fosse ancora vivo, immaginare Alfredo, solo, aggrappato alla valigia, in mezzo al Mar Tirreno, in pieno inverno… mentre noi ce ne stiamo tranquillamente qui al caldo, mi fa gelare il sangue nelle vene. Anche se a dire il vero qui non fa per niente caldo. O sono io che…

Giacomo (*con aria d'intesa*) – Forse adesso possiamo anche riaccendere il riscaldamento, che dici Alice? Vado a metterlo al massimo.

Esce per accendere il riscaldamento.

Alessandra – Secondo te quanto si può resistere, a dicembre, in mare aperto?

Alice – Dipende… Alfredo è piuttosto freddoloso, no?

Alessandra – Oh, mio Dio!

Giacomo ritorna.

Giacomo – Ho impostato il termostato sui 25 gradi… (*Strizzando l'occhio ad Alice*) Così, se mai dovessimo partire all'improvviso per i Tropici, eviteremo lo choc termico.

Alessandra – Andate in vacanza?

Giacomo – No… Anzi, perché no?

Alessandra – Se fossi in voi, eviterei l'aereo.

Alice – Sì, forse è più prudente. La legge di Murphy: se qualcosa può andare storto, lo farà. E poi una bella talassoterapia in un Centro benessere non è comunque male… Basta ripartire con il piede giusto per una nuova vita.

Alessandra – Fate bene ad approfittarne. Avete visto a cosa è appeso il destino? Si cena tranquillamente con un paio di amici il venerdì sera, e senza preavviso, ci si ritrova vedove.

Alice – Sì… o stramiliardari!

Alessandra – Figurati che non avevamo neanche i soldi per pagarci un'assicurazione sulla vita… È strano, perché ultimamente ne parlava… per poter pagare almeno gli studi dei bambini, in caso di disgrazia… Probabilmente, presagiva qualcosa… Qualcosa di brutto.

Giacomo – Sì… Beh, per quanto ci riguarda, posso confessarti che non abbiamo presagito proprio niente. Ci è caduto addosso così…

Alice (*ad Alessandra*) – Forza, dài, il peggio non è mai certo.

Giacomo – È uno choc… Dobbiamo anche occuparci di…

Alessandra – Voi ne avete una?

Alice – Di cosa?

Alessandra – Di assicurazione sulla vita! Insomma, un'assicurazione in caso di morte.

Giacomo – Noi abbiamo di meglio, credimi.

Alessandra – Ti giuro che se si è salvato, da domani vedrò la vita in modo diverso.

Alice – Anche noi, te l'assicuro.

Alessandra – Tutti quei piccoli sacrifici che ci imponiamo ogni giorno, dicendo che le cose ce le godremo in seguito... Sono buffonate… Faremmo meglio a vivere giorno per giorno… Senza pensare al domani.

Giacomo – Hai ragione. Io, da domani, non lavoro più.

Alessandra – Credevo fossi disoccupato.

Giacomo – Sì, beh, allora smetto di cercare lavoro.

Alessandra – Ma comunque, bisogna pur guadagnarsi da vivere. E risparmiare qualcosa. Perché non è con la pensione che avremo… Oh, mio Dio… Sento che Alfredo costerà ben poco all'Inps.

Alice – Su, non dire così.

Alessandra – E poi come farò a venirne fuori con due bambini…

Alice – Ci siamo qui noi. Vero, Giacomo?... Se vuoi, possiamo prenderne uno, per alleggerirti il peso.

Giacomo (*con scarso entusiasmo*) – Sì, insomma…

Alessandra – Sei gentile ma… vi devo già 1000 euro.

Alice – Sai cosa? Quei soldi te li regaliamo. Non ci teniamo più così tanto, vero Giacomo?

Giacomo – Sì, sì, no… Certo… Puoi tenerli.

Alessandra (*commossa*) – Mi conforta sapere di poter contare su amici come voi… So bene cosa significano 1000 euro per le vostre finanze… Soprattutto adesso. Con Giacomo disoccupato. Se avessi chiesto alla banca di prestarmeli, dubito che avrebbero accettato. Con tutti i soldi che si intascano speculando sulle nostre spalle. E voi… che non avete neanche il denaro per accendere il riscaldamento in pieno dicembre… A meno che non ci siano ospiti… A proposito, fa un po' troppo caldo adesso, non vi pare? Non vorrei che vi arrivasse una bolletta astronomica del gas per colpa mia.

Giacomo – Vado ad abbassare il termostato.

Giacomo esce di nuovo per alcuni secondi.

Alessandra – Come farò a dirlo ai bambini…

Alice – Beh, per il momento dormono.

Alessandra – Sì, ma un giorno si sveglieranno.

Alice – Ascolta, forse non dovrei dirtelo. Ma non riesco a credere che sia morto, non stasera…

Alessandra – Perché non stasera?

Alice – Non so… Forse per quello che dicevi poco fa su tuo padre, morto proprio il giorno in cui è nato tuo figlio. Apposta per rovinarti il parto.

Alessandra – Pensi che Alfredo abbia deciso di schiantarsi in aereo proprio stasera per rovinarci la serata?

Giacomo ritorna.

Alice (*cambiando argomento*) – Forse è meglio riaccendere la TV, per avere conferme… A quest'ora danno i numeri del superenalotto… Voglio dire, subito dopo c'è il telegiornale.

Il telefono di Alessandra si mette a suonare, interrompendo il movimento di Alice verso il televisore. Alessandra, di sasso, esita un attimo ma poi prende in mano il cellulare.

Alessandra – Pronto? Sì, sono io… (*A Giacomo e Alice*) Sono loro! L'équipe di psicologi… (*Riprendendo la conversazione*) Sì?... Sì, vi ascolto…

Giacomo e Alice sono molto imbarazzati.

Alessandra – Ma mi avevate detto che… Va bene… Ok… Grazie.

Chiude la chiamata.

Alessandra – Hanno localizzato cinque sopravvissuti, aggrappati ai resti dell'aereo… Forse ce n'è anche un sesto…

Giacomo – Sei, il numero perfetto.

Alessandra – Stanno cercando di ripescarli con l'elicottero, ma il tempo è molto brutto nel Mar Tirreno… Ancora non conoscono la loro identità.

Alice – Ti avvertiranno a estrazione avvenuta… Voglio dire, a ripescaggio avvenuto!

Alessandra – No, hai ragione tu… È come una lotteria. Quest'attesa è micidiale. Mi sento come se avessi giocato al superenalotto e stessi aspettando di sapere se sono usciti i miei numeri…

Alice – E certo… È la stessa sensazione che ho provato io quando ho sposato Giacomo… Voglio dire… Ma quanti passeggeri c'erano a bordo?

Alessandra – Non lo so… Era un piccolo aereo… Perugia-Roma con scalo ad Ajaccio…

Giacomo – Facciamo un centinaio. Se ci sono cinque sopravvissuti… c'è una possibilità su venti. Il che dà comunque più garanzie del superenalotto.

Alessandra – Sono sempre stata sfortunata al gioco.

Alice – Sai come si dice: "Se non giochi non vinci"…

Alessandra – Meno male che ci siete voi… Altrimenti come farei.

Alice – Vuoi forse andare a riposarti un po' in camera nostra?

Alessandra – E se richiamano?

Giacomo – Potrebbero passare ore, sai come funziona… Con la tempesta… Un salvataggio in mare, è un'operazione molto delicata… Non sono nemmeno sicuri di riuscire a ripescarli vivi. Con l'acqua a due-tre gradi, puoi immaginarlo anche tu.

Alessandra – Comunque, non riuscirei di sicuro a dormire.

Alice – Se vuoi, ti posso dare un sonnifero.

Alessandra – Non credo basterà, nello stato in cui sono.

Alice – Allora prendine due o tre. Sono molto blandi.

Alessandra – Sei molto gentile, ma non ho intenzione di occupare anche la vostra stanza.

Alice – Nessun disturbo, nemmeno noi riusciremo a dormire e quindi…

Alessandra – Grazie… Non pensavo che la cosa vi sconvolgesse al mio stesso livello… (*Guardando il cellulare*) Accidenti, l'ho impostato sulla segreteria. Un gesto riflesso… Ora controllo se magari mi hanno lasciato un messaggio.

Si allontana di qualche passo per ascoltare i messaggi.

Giacomo (*ad Alice*) – Non ce la toglieremo più dai piedi!

Alessandra – No, ancora nessuna novità.

Alice – Ma dopotutto… ti hanno chiamato appena cinque minuti fa…

Giacomo – E poi, detto tra noi… Una possibilità su venti… Forse conviene che ti prepari al peggio, no?

Alessandra – Ma poco fa mi hai detto che…

Alice – Ma non vorremmo nemmeno darti false speranze. Vero, Giacomo?

Giacomo – Bisogna comunque ammettere che l'odore di cassa da morto inizia a sentirsi.

Alice – Quello che Giacomo vuole dire, con il suo personale eloquio, è che se Alfredo è veramente morto non ci vorrà molto perché te lo dicano… Secondo me faresti meglio ad andare a letto… Vuoi che ti chiami un taxi?

Alessandra – Sono venuta in macchina, con la 4x4.

Alice – Ah sì, è vero.

Alessandra – E non so se sono nella condizione di guidare.

Giacomo e Alice si scambiano uno sguardo esasperato.

Alessandra – Però hai ragione, mi riposerò un po' in camera vostra. Non dormirò ma… Penso di avere bisogno di stare un po' da sola.

Giacomo – Sì, anche noi… Voglio dire, certo, capiamo perfettamente. Vero, Alice?

Alessandra – Allora vado.

Alice – Vai…

Alessandra esce sotto gli sguardi di circostanza di Giacomo e Alice che, subito dopo la sua uscita, danno libero sfogo alla loro gioia.

Giacomo – Cazzo! 60 milioni!

Alessandra ritorna. Giacomo e Alice si bloccano immediatamente.

Alessandra – Ho dimenticato il telefono.

Alessandra esce di nuovo.

Alice – Finché non avrò visto il biglietto vincente, non ci crederò. Vediamo…

Giacomo – Vado a prenderlo. (*Facendo un passo*) Accidenti, è in camera nostra. Con un po' di fortuna, Alessandra si addormenterà e ci lascerà finalmente in pace. Non è il caso che io vada a svegliarla ora… E se nel frattempo ci scolassimo la sua bottiglia di champagne? Così, per festeggiare.

Alice – In camera? Io non ho visto niente… Sei sicuro di non averlo perso? Potrebbe essere caduto dal comodino e finito a terra… per poi essere risucchiato dall'aspirapolvere. Ho cambiato il sacco giusto ieri, e ho buttato l'immondizia stamattina.

Giacomo – Non preoccuparti… È in un posto sicuro. (*Preparandosi a stappare la bottiglia di champagne*) Cerco di evitare che il tappo salti facendo troppo chiasso… per non rischiare di svegliarla.

Alice – In un posto sicuro, dove?

Giacomo – Nella mia valigia. Sopra l'armadio… Nella tasca interna. Non ho nemmeno pensato di toglierlo da lì quando siamo rientrati da Milano. Non mi ricordavo neanche più di aver giocato al superenalotto.

Alice – Ti riferisci alla tua valigia Vuitton?

Giacomo – Sì, certo… La mia valigia, no? Non venirmi a dire che hai passato l'aspirapolvere anche lì. (*Notando l'imbarazzo di Alice*) Che succede?

Alice – Alfredo aveva bisogno di una valigia per andare a Perugia… E allora Alessandra mi ha chiesto se potevo prestargliene una…

Giacomo si fa scappare il tappo della bottiglia che salta rumorosamente.

Giacomo – Gli hai prestato la mia valigia? Gli hai permesso di prendere quello schifoso aereo di quella lurida compagnia low cost con la mia valigia Vuitton?

Alice – Beh, per quanto riguarda la valigia Vuitton, ti ricordo che è falsa… Una contraffazione acquistata quest'estate in un negozio cinese quando siamo andati a Trieste.

Giacomo – Con dentro il nostro biglietto da 60 milioni! Avremmo potuto comprare il marchio che fabbrica quelle vere!

Alessandra ritorna.

Alessandra – Ho sentito una specie di esplosione… E mi sono svegliata… (*Notando le facce sconvolte di Giacomo e Alice*) Che facce… Ci sono novità, vero? Sono cattive e non avete il coraggio di dirmelo.

Giacomo – Sì, in un certo senso è così.

Alessandra – Oh, mio Dio!

Alice – No, ecco… Non si tratta di Alfredo.

Giacomo – Anche se in parte sì.

Alice – Giacomo non sapeva che gli avevo prestato la sua valigia… Così, è rimasto scioccato. In senso emotivo, intendo. Immaginare il suo miglior amico aggrappato alla sua valigia nel Mar Tirreno… Con gli squali che gli girano intorno…

Alessandra – Perché, ci sono gli squali nel Tirreno?

Alice – Non so, suppongo.

Alessandra – Santo cielo, è vero, la valigia!... Vi dobbiamo già 1000 euro che non siamo in grado di restituirvi, e adesso non rivedrete mai più nemmeno la valigia Vuitton. Meno male che era falsa.

Alice – Ma c'è ancora speranza, no? (*Guardando Giacomo*) Voglio dire, la speranza che ritrovino Alfredo… con la valigia.

Giacomo – Tu credi?

Alice – Una valigia galleggia molto meglio di un cadavere! Non ricordi le immagini che mostrano in TV dopo un disastro aereo? Cosa si vede fluttuare in superficie? Le valigie!

Giacomo – Se non pesano troppo, sì!

Alice (*ad Alessandra*) – La valigia di Alfredo non era troppo piena, vero?

Alessandra – Ha passato solo una notte a Perugia, quindi ha portato solo lo stretto necessario.

Giacomo e Alice ritrovano un barlume di speranza.

Alessandra – A parte tutti i cataloghi di vendita, ovviamente. La carta, come sapete, pesa un quintale. Quando è partito, non riuscivo neanche a sollevarla per metterla nel bagagliaio dell'auto. Per fortuna aveva le rotelle. Queste valigie contraffatte non sono poi così male. Avete ragione. Perché mai acquistarne una vera… Ma come mai volete sapere cosa c'era dentro?

Alice – Beh, se galleggia… Alfredo sarà riuscito ad aggrapparcisi. Come se fosse una boa.

Alessandra – Sì, beh, su questo ho dei dubbi… Sarebbe come aggrapparsi a un'incudine. E poi i bagagli sono sempre nella stiva, no? Che cola a picco assieme all'apparecchio.

Giacomo lancia uno sguardo assassino ad Alice.

Alice – A volte, quando individuano il relitto, lo riportano a galla. Per recuperare la scatola nera, determinare le cause dell'incidente e recuperare le valigie… Voglio dire, i corpi. Affinché le famiglie possano elaborare il loro lutto.

Giacomo – Ne sei convinta?

Alice – Ma certo! Non so perché, ma sono speranzosa. Tu che ne pensi, Alessandra?

Alessandra – Sì, insomma.

Alice – Ma dopotutto, siamo venerdì 13!

Alessandra – Non ho mai capito se è un giorno che porta fortuna o sfortuna.

Alice – Secondo me… un po' entrambe le cose!

Giacomo (*ad Alessandra*) – Ma sei sicura al cento per cento che Alfredo sia partito con…?

Alessandra – Con la compagnia *Meno di così si muore*? Purtroppo sì… E sono stata proprio io a comprargli il biglietto su Internet.

Giacomo (*isterico*) – No, cazzo, no! Parlavo della valigia! Con la mia cazzo di valigia!

Alessandra resta leggermente sconvolta. Alice fa segno a Giacomo di calmarsi.

Alessandra – Bene, credo sia proprio arrivato il momento di lasciarvi… Andrò a dormire da mia madre. Almeno sarò vicino ai bambini quando si sveglieranno. E se ci saranno novità, belle o brutte, ve le comunicherò. Ve lo prometto.

Giacomo – 60 milioni! 60 milioni, cazzo! Ditemi che è un incubo!

Alice (*ad Alessandra*) – Sì, penso sia la scelta più ragionevole…

Alessandra – Ciao, vi lascio dormire.

Giacomo – Perché? Credi davvero che riusciremo a farlo?

Alessandra – Vi chiamerò domattina. Presto saprete tutto. E anch'io del resto. Hai ragione, Alice. La cosa può andare avanti per ore. Prenderò un sonnifero appena arrivata a casa di mia madre.

Giacomo – Ah, no, noi vogliamo sapere! E anche subito! Vero, Alice? Non ce ne staremo qui ad aspettare come due imbecilli!

Alessandra – Sinceramente, sono molto colpita… dal tuo essere così sconvolto. So bene che Alfredo era tuo amico… ma non pensavo che la sua scomparsa potesse ridurti in questo stato.

Giacomo – Riaccendo la TV.

Voce fuori campo – I numeri vincenti sono…

Giacomo – Sì, va bene, abbiamo capito…

Alessandra (*preoccupata, ad Alice*) – Forse dovresti dare un calmante anche a lui.

Giacomo cambia canale.

Voce fuori campo – Abbiamo ormai la certezza che non ci sono sopravvissuti al disastro aereo della compagnia *Meno di così si muore*. Le poche persone aggrappate a una zattera di fortuna, scambiate in un primo momento per dei sopravvissuti, erano in realtà dei clandestini. Sono subito stati caricati su un aereo che li riporterà nel paese d'origine. A quanto ci è stato comunicato anche quell'aereo è della compagnia *Meno di così si muore*. Auguriamogli buon viaggio… Torniamo al superenalotto: resta sconosciuta l'identità del fortunato vincitore…

Giacomo spegne la televisione, distrutto.

Giacomo – Oh, cazzo… sono morti tutti.

Il cellulare di Alessandra suona. Lei lo prende e guarda il numero del chiamante.

Alessandra – Se è mia madre, non rispondo.

Giacomo – La mia valigia Vuitton…

Alessandra – È lui.

Alice – Lui chi?

Alessandra – Alfredo… Questo è il numero del suo cellulare…

Alice – Non è possibile…

Giacomo (*esterrefatto*) – Che operatore hai?

Alice – Beh, forza, rispondi!

Alessandra, pallida in volto, risponde.

Alessandra – Pronto?

Giacomo e Alice stanno sulle spine.

Alessandra – Alfredo? Ma da dove chiami? Ti sento a malapena… Come se mi stessi chiamando da un posto lontanissimo...

Giacomo – Da non credere… Hanno detto che sono morti tutti.

Alessandra – E tu, mi senti? Alfredo?... Pronto? Pronto?... (*Si gira verso Giacomo e Alice con aria disperata*) È caduta la linea!

Silenzio di tomba.

Alice – Sei sicura che fosse lui?

Alessandra – Non lo so… Si sentiva malissimo.

Giacomo – Ma non mi dire.

Alessandra – Comunque, la chiamata veniva dal suo cellulare. Era il numero giusto…

Giacomo – Il numero giusto.

Alice – Forse, è stato eiettato dall'apparecchio… ed è riuscito ad aggrapparsi a qualcosa…

Giacomo – Alla valigia.

Alice – E ti chiama con la carica che gli è rimasta.

Alessandra – Oh, mio Dio… Ma hanno detto che sono morti tutti… Stavo appena iniziando ad abituarmi all'idea…

Alice – Un miracolo è sempre possibile.

Giacomo – Un miracolo… Resta comunque il problema di riuscire a localizzarlo prima che gli squali se lo pappino.

Alessandra – Riuscite a immaginare Alfredo, solo, con la tempesta, in alto mare?

Giacomo – Il Mar Tirreno…

Alice – Non è poi così grande.

Alessandra – In piena notte, aggrappato alla valigia, sperduto nell'oceano…

Giacomo – Ma quale oceano? Il Mar Tirreno!

Alessandra – Forse è stato trascinato dalla corrente… Come faranno a ritrovarlo?

Giacomo – Come cercare una valigia in un pagliaio.

Alessandra – Provo a richiamarlo… Anche se ha poca batteria, forse riuscirà a spiegarci dove si trova. Questo faciliterà le ricerche.

Alice – E poi, se è veramente disperso nell'oceano…

Giacomo – Il Mar Tirreno, per la miseria!

Alessandra richiama il numero e attende con ansia.

Alessandra – Sta squillando… Accidenti, è partita la segreteria. È come sentire una voce dall'oltretomba… Alfredo? Se senti questo messaggio voglio che tu sappia che ti amo tanto. Anche i bambini. Ti prego, Alfredo, cerca di resistere. Per me. Per i bambini. Anche per te, ovviamente. Giusto quanto basta perché i soccorsi ti localizzino. Ti abbraccio forte, tesoro.

Giacomo e Alice si guardano, commossi.

Alessandra (*proseguendo*) – Ah, volevo confessarti una cosa. Per liberarmi la coscienza. Perché forse non mi capiterà più l'occasione. O non troverò il coraggio. Una volta ti ho tradito. Ma è stata una cosa da poco. E non contava nulla, te l'assicuro. E ti garantisco che il bambino che sto aspettando è tuo. O almeno, ne ho la quasi certezza. Lo sento. Ma se vuoi faremo il test. Sì, perché mi sono dimenticata di dirtelo: sono incinta, Alfredo. Diventerai padre! Resisti!

Alessandra chiude la chiamata, sconvolta. Giacomo e Alice si guardano costernati.

Alice – Se con tutto ciò non riesce a resistere…

Silenzio imbarazzato.

Giacomo – Il telefono…

Alice – Io non sento nulla.

Giacomo – No, voglio dire, il telefono di Alfredo. Forse grazie a quello potranno localizzarlo! Bisogna avvertire subito i soccorsi. Magari c'è ancora una speranza di ritrovare la valigia… Intendevo, Alfredo… Qual è il numero?

Alessandra (*passandogli il telefono*) – Tieni, è memorizzato.

Giacomo richiama il numero.

Giacomo – Accidenti, non c'è campo. Provo dal balcone…

Esce.

Alessandra – Forse ho fatto male a parlargliene proprio adesso.

Alice – Tu dici?

Alessandra – È successo circa tre mesi fa. Con il dentista. Nel suo studio. Non so cosa mi è preso. Forse è stato l'effetto dell'anestesia…

Alice – E allora digli questo… che lo sporcaccione ti ha drogata per approfittarsi di te.

Alessandra – Beh, in realtà era un'anestesia locale. Per una carietta. Perché per il resto posso dirti che me ne sono accorta benissimo. Comunque sia più di quanto me ne accorga con Alfredo. E tu, non hai mai tradito Giacomo?

Alice – Da quando siamo sposati, mai.

Alessandra – Ma siete sposati solo da sei mesi. Dopo quindici anni di convivenza…

Alice – Sì, ma io non…

Giacomo ritorna, e così Alice può evitare di raccontare il resto.

Giacomo – Tutto a posto, si attiveranno subito. E ci richiameranno appena avranno novità.

Alice – Ho già visto operazioni del genere in una serie poliziesca alla TV. È facilissimo localizzare qualcuno grazie al suo cellulare. E di solito, ci vuole poco. Insomma, in questo caso lui è in mezzo all'oceano, ma comunque…

Giacomo – Il Mar Tirreno.

Alessandra – Santo cielo, non so se il mio cuore reggerà il colpo. Con tutte queste emozioni… (*Suona il telefono*) Di già?

Alice – Hai visto?

Giacomo – Su, forza, rispondi!

Alessandra – Pronto?... No, mamma, non mi hanno ancora confermato il decesso, mi dispiace… No, non so il nuovo indirizzo di zia Adele. Non credi sia un po' presto per diffondere la notizia? Adesso devo lasciarti, devo tenere libera la linea. Aspetto una chiamata… Sì, proprio da loro… I fiori? Senti, fai come vuoi, non me ne frega niente, chiaro! (*Chiude la chiamata, furibonda*) La vita è concepita male. Perché non c'era mia madre su quell'aereo? (*Il telefono suona di nuovo. Rispondendo, completamente fuori di sé*) Ma insomma, la vuoi smettere di rompermi le palle, sì o no? Ah! Chiedo scusa, credevo fosse mia madre… Sì, certo, vi ascolto… No, vi assicuro che non è uno scherzo… mio marito era proprio sull'aereo… Va bene, grazie… Se ci sono novità mi richiamerete?

Chiude la chiamata, confusa.

Alessandra – Erano loro… Sono riusciti a localizzare il telefono di Alfredo…

Alice – E allora?

Alessandra – La chiamata che ha fatto proveniva dalla stazione di Perugia.

Stavolta è il telefono fisso a suonare. Alice risponde meccanicamente.

Alice – Pronto? (*Basita, porgendo il cordless ad Alessandra*) È lui!

Alessandra (*afferrando il cordless*) – Alfredo? Ma dove sei? Tutti quanti ti stanno cercando in mezzo all'oceano!... No, dimmi che non è vero!... (*A Giacomo e Alice*) Ha perso l'aereo! È su un treno Perugia-Roma!

Giacomo – Dio esiste…

Alessandra – Ma non hai saputo? (*A Giacomo e Alice*) Non ha saputo… (*Al telefono*) L'aereo della compagnia *Meno di così si muore* che dovevi prendere è precipitato in mare… Non ci sono sopravvissuti… Dio sia lodato, è un miracolo! (*A Giacomo e Alice*) È rimasto chiuso per due ore nella toilette dell'aeroporto perché si era bloccata la porta… Evidentemente il terminal della compagnia *Meno di così si muore* non è proprio business class… (*Al telefono*) Va bene… Mi richiami appena arrivi a Roma Termini, ok? Ti abbraccio forte, tesoro… (*Sta per riagganciare ma ci ripensa*) Ehm… Alfredo?... Hai ricevuto il mio messaggio? No, niente di importante, puoi cancellarlo senza problemi. Ora che so che non sei morto…

Riaggancia.

Alessandra (*raggiante*) – Bene, adesso possiamo stappare lo champagne!

Imbarazzo da parte di Giacomo e Alice, che lo hanno già stappato in sua assenza ma che allo stesso tempo sono al settimo cielo.

Alice – È magnifico, sono proprio contenta, e tu Giacomo?

Giacomo – Tu hai ritrovato un marito e noi…

Alice – Un amico!

Giacomo – Quando arriva a Roma Termini?

Alessandra – Tra un'ora… Finalmente l'incubo sta per finire… Grazie, senza di voi non so se ce l'avrei mai fatta… Berremo lo champagne un'altra volta… Vado ad aspettarlo in stazione, e torneremo direttamente a casa… Capite bene che, dopo un'esperienza del genere, abbiamo tante cose da dirci.

Alice – Sì… soprattutto se si mette ad ascoltare il tuo messaggio.

Giacomo – Ma non se ne parla proprio! Festeggeremo tutti assieme, che ne dici Alice?

Alessandra – E poi è l'unico sopravvissuto… Non so se… Insomma, immagino l'angoscia delle altre famiglie meno fortunate di me…

Giacomo – La vita è una lotteria! Basta giocare il numero giusto! È triste per gli altri, ma tanto peggio per loro. The show must go on! E poi, in tutta onestà… nervosa come sei non riuscirai mai a parcheggiare la 4x4 alla stazione Termini di venerdì sera. Lo richiamo. Gli dico di prendere un taxi appena arriva e di venire subito qui. Con la valigia…

Alessandra – Un taxi? A dire il vero non credo che abbiamo i soldi per…

Giacomo – Ma noi sì, vero Alice?

Alice – Anche noi abbiamo una bella notizia da darvi… Ora possiamo anche dirtelo… Forza, Giacomo…

Quando Giacomo sta per parlare, suona il telefono fisso. Alice risponde.

Alice – Pronto?... Ah, Alfredo!... Stavamo appunto per richiamarti per… (*Restando di sasso*) Va bene, te la passo… (*Ad Alessandra*) È Alfredo, ha sentito il tuo messaggio.

Alessandra, sconvolta, afferra il cordless e si allontana verso il balcone.

Alessandra – Ascolta, Alfredo, ti spiegherò tutto, ok? Non prenderla in questo modo! Sinceramente, dopo quanto ci è successo, dovresti prendere le cose più alla leggera! Ti ricordo che la morte ti è passata vicino! L'importante è che siamo vivi, no? Sei un sopravvissuto, Alfredo!

Esce sul balcone per terminare la conversazione.

Giacomo – Cazzo… Ci mancava solo questa.

Alice – Va da sé che adesso non possiamo più invitarlo da noi per brindare con lo champagne…

Giacomo – Se dopo aver scoperto di essere cornuto, gli viene l'idea di buttarsi nel Tevere appena giunto a Roma… Con la mia valigia…

Alessandra ritorna, distrutta.

Alice – Allora?

Alessandra – Non vuole dormire a casa… Parla di divorzio…

Giacomo – Ma nel frattempo può venire a dormire qui! Mi pare una buona idea, vero Alice? Anche perché ha la valigia già pronta…

Alessandra – Ah, sì, la valigia… Ma non è la cosa più importante…

Giacomo e Alice la guardano esterrefatti.

Giacomo – Che vuoi dire?

Alessandra – Beh… Alfredo ha perso l'aereo, ma la valigia aveva già passato il check-in… Purtroppo, potete metterci una pietra sopra… È rimasta nella stiva dell'aereo.

Giacomo – Che imbecille! (*Ad Alice*) Dimmi che non è successo davvero!

Alessandra – Non ci sono dubbi, il fatto che fosse falsa è in parte un bene… Ma lo sai anche tu che le contraffazioni sono punite dalla legge… Ho visto un reportage in TV sull'argomento… Alfredo avrebbe potuto avere problemi, alla dogana.

Alice – Su un volo Perugia-Roma?

Alessandra – Se si fa scalo ad Ajaccio, sì!

Giacomo – Se non se ne va subito, l'ammazzo!

Alessandra resta interdetta per la reazione di Giacomo.

Alessandra – Non ti preoccupare, ve ne ricomprerò una vera, come promesso… In fondo ve lo devo.

Giacomo – Appunto! E non ci devi solo quello ma anche i 1000 euro!

Alessandra – Bene, credo sia arrivato proprio il momento di andarmene, Alice. Credo che tutti noi abbiamo avuto abbastanza emozioni forti per oggi.

Alice spinge prudentemente Alessandra verso la porta per proteggerla dalla furia di Giacomo.

Alice – Su, non ti preoccupare, vedrai che tutto si sistemerà... Chiamami domani, va bene?

Alessandra – Sì, ti tengo informata.

Alessandra sta per uscire ma poi si gira verso di loro un'ultima volta.

Alessandra – A proposito, qual era la buona notizia che volevate darmi?

Alice la spinge definitivamente fuori.

Alice – Ti chiamo domani…

Alessandra se ne va. Giacomo e Alice restano soli. Si abbandonano sul divano. Cala un pesante silenzio.

Giacomo – 60 milioni di euro…

Alice compie un gesto di tenerezza nei suoi confronti.

Alice – Suvvia, non è grave… L'importante è essere vivi, no? Ed essere insieme.

Giacomo si distende un attimo.

Giacomo – Hai ragione.

Alice – E poi, cosa avremmo mai potuto fare con 60 milioni di euro?

Giacomo – Me lo chiedo anch'io.

Alice – Il nostro amore sarebbe sopravvissuto a una simile tempesta?

Giacomo – Per non parlare dei nostri amici… Hai visto anche tu, c'è mancato poco che litigassimo con loro.

Attimo di silenzio.

Giacomo – Pensi davvero che con 60 milioni di euro avremmo divorziato?

Alice – I soldi possono dare alla testa… Quando da un giorno all'altro scopri di poter soddisfare ogni tuo desiderio represso…

Giacomo – Hai ragione, la frustrazione è il collante del matrimonio… Quando penso che potevamo davvero diventare multimilionari… mi vengono i brividi lungo la schiena.

Alice – Coraggio, possiamo passare una serata tranquilla, io e te davanti alla TV…

Giacomo – Lo sai cosa mi rilasserebbe veramente…

Alice (*speranzosa*) – Dillo… Soddisferò ogni tuo desiderio pur di compensare… la perdita della valigia.

Giacomo – Un documentario sugli animali… Sulla riproduzione dei varani, per esempio.

L'entusiasmo di Alice si raffredda.

Giacomo – Lo sapevi che il varano copula spesso?… La femmina si accoppia con più maschi alla volta, e le uova contengono il patrimonio genetico di tutti i suoi amanti… Te lo immagini il bambino di Alessandra?… Per metà Alfredo e per l'altra metà il suo dentista.

Alice (*depressa*) – È rimasto un po' di vino di paese… O almeno, quello che non si è bevuta Alessandra… Ne vuoi? È meglio che ci facciamo l'abitudine.

Ne versa due bicchieri e li serve mentre Giacomo accende la TV.

Voce fuori campo – Il volo 32 bis della compagnia *Meno di così si muore* di cui si era persa traccia e che si pensava precipitato in mare è appena ricomparso sui radar… Il pilota si era addormentato ai comandi. Così, anziché fare scalo ad Ajaccio è arrivato nel Mar Baltico dove, per mancanza di kerosene, è stato costretto a un atterraggio di fortuna.

Giacomo – È strano, sai, è come se la cosa non mi riguardasse più.

Suona il telefono. Alice si alza, come in trance, per rispondere, mentre Giacomo resta incollato al televisore.

Voce fuori campo – Ecco alcune immagini girate da un aereo di ricognizione…

Alice – Pronto?

Voce fuori campo – Ignoriamo ancora la sorte dei passeggeri all'interno della carlinga ma le immagini, molto nitide, mostrano chiaramente due foche intente a giocare con una valigia…

Alice – No!

Basita, Alice riaggancia e torna da Giacomo.

Giacomo – Chi era?

Alice – La ginecologa di Alessandra… O meglio, la mia… Abbiamo la stessa.

Giacomo – E allora?

Alice – Ha confuso le cartelle… Non è lei a essere incinta, ma io!

Giacomo (*confuso*) – Avete anche lo stesso dentista?

Alice (*al settimo cielo*) – Sono incinta di te! Avremo un bambino!

Giacomo (*ben poco entusiasta*) – Ma… credevo fosse impossibile… La tua ginecologa mi aveva detto che visto lo stato dei miei spermatozoi c'era una possibilità su un milione di colpire nel segno!

Alice – Ma oggi è venerdì 13!

Buio in sala.

FINE

Finale alternativo per un quarto personaggio (Alfredo):

Giacomo non ha il tempo di reagire alla notizia perché suonano alla porta.

Giacomo – Se è ancora lei e la fai accomodare, stavolta sarò io a buttarla giù dalla finestra.

Alice va comunque ad aprire.

Alice (*sorpresa*) – Oh, ciao Alfredo!... Hai fatto buon viaggio? No, volevo dire… Non ti aspettavamo più.

Alfredo (*cupo*) – Disturbo?

Alice – No, assolutamente, cosa vai a pensare…

Giacomo – Ormai, per come siamo messi…

Alfredo entra, con l'aria di un uomo che ha la testa altrove.

Alfredo – Ah, Giacomo, sei qui.

Giacomo – Sì, come vedi. E infatti ci abito.

Alfredo – È tardi, lo so. Ma con tutto quello che mi è successo…

Giacomo – Sì, ma comunque… il tuo treno non si è mica schiantato nel Mar Baltico, no?

Alfredo – No, mi riferivo ad Alessandra. Sono ancora sconvolto.

Alice – Ci dispiace tantissimo, Alfredo… Vero, Giacomo?

Giacomo – E come no…

Alice – Ma siediti, su. Vuoi bere qualcosa?

Giacomo – Arsenico, stricnina…?

Alice gli versa un bicchiere di vino di paese.

Alice – Vuoi che ci metta del ghiaccio?

Alfredo non risponde. Si siede e svuota il bicchiere senza battere ciglio, sotto lo sguardo esterrefatto di Giacomo e Alice.

Giacomo – Ebbene sì… Qui si mette proprio male… Nemmeno il vino di paese gli suscita più alcuna reazione.

Alfredo – Siamo sposati da dieci anni, ve ne rendete conto? Chi l'avrebbe mai detto che fosse capace di farmi questo.

Alice – Suvvia… Non credi che la stai mettendo troppo sul tragico?

Giacomo – Beh, ha appena scoperto di essere cornuto…

Alice – Non mi è mai piaciuta quella parola.

Alfredo – Uno pensa di conoscere le persone e invece…

Alice – Può capitare a tutti di commettere un errore.

Giacomo – Ma comunque… andare a letto con il proprio dentista…

Alfredo – Era il MIO dentista.

Alice – E poi, l'importante è che ha avuto la forza di confessartelo, no? Ci vuole una buona dose di coraggio per farlo…

Giacomo – Soprattutto una buona dose di stupidità, se è per questo.

Alice – Dimostra che si fida di te… E la fiducia, è importante in una coppia… vero, Giacomo?

Giacomo – Ma figuriamoci! Lo credeva morto!

Alice – Su, vedrai che tutto si sistemerà…

Alfredo – Non lo so… Credo che mi servirà del tempo…

Giacomo – Quanto tempo più o meno?... No, perché, come hai già detto tu, è piuttosto tardi… e io andrei volentieri a infilarmi sotto le coperte come un wurstel nel panino.

Alice – Quello che Giacomo vuole dire, con il suo personale eloquio, è che oggi abbiamo tutti vissuto emozioni molto forti… Ma è normale che tu senta il bisogno di fare un passo indietro… Puoi dormire qui, sul divano… E domani, vedrai le cose con più lucidità.

Giacomo – Non ti stiamo promettendo che domani andrà meglio, eh? Solo che sarai più lucido.

Alfredo – Grazie… Sapevo di poter contare su di voi… È nella disgrazia che si riconoscono gli amici…

Giacomo – Sì… È quello che ci ha ripetuto tua moglie per tutta la sera…

Alice – Vado a prenderti le lenzuola… Giacomo, tu prendi una coperta nell'armadio…

Giacomo e Alice escono un attimo. Alfredo si alza e si dirige verso il balcone. Si avvicina alla ringhiera e si sporge leggermente. Alice ritorna, lo vede e resta di sasso, pensando che voglia buttarsi.

Alice – Alfredo, no!

Alfredo si volta verso di lei, alquanto sorpreso.

Alfredo – Ehm… stavo solo guardando la strada.

Alice – Mio Dio, che spavento mi hai fatto… Credevo…

Alfredo – Non mi ero mai accorto che, sporgendosi un po', dal vostro balcone si potesse vedere Piume di struzzo…

Alice (*preoccupata per il suo stato mentale*) – Piume di struzzo…

Alfredo – È un bar.

Alice – Un bar per gli amanti degli struzzi?

Alfredo – Sì… ma soprattutto un bar gay…

Alice resta alquanto sconcertata. Giacomo ritorna con la coperta e la getta sul divano.

Giacomo – Bene, non ho alcuna intenzione di rimboccartela né di darti il bacino della buonanotte.

Alfredo gli lancia uno sguardo ambiguo.

Alice – Ci prometti di non fare sciocchezze?

Alfredo – Ve lo prometto.

Alice – Bene, allora adesso andiamo tutti a letto. Anche per noi è stata una giornata impegnativa…

Il telefono fisso suona. Giacomo risponde.

Giacomo – Pronto?... Sì, è qui… Va bene, te lo passo… (*Porge il cordless ad Alfredo*) È Alessandra, vuole parlarti.

Alfredo afferra il cordless controvoglia.

Alfredo – Pronto… Ascolta… No… Non lo so… No… Te lo dico domani, va bene… Sì, ho bisogno di un paio di giorni per riflettere, penso tu possa capirlo, no?

Giacomo (*preoccupato*) – Un paio di giorni?

Alfredo – Sì, va bene, ci risentiamo.

Riattacca.

Alice – Sono sicura che la vostra coppia resisterà a questa prova… e che ne uscirà più unita che mai!

Alfredo – Anch'io sono andato a letto con il dentista.

Alice (*dopo un attimo di esitazione*) – Ecco, lo vedi, la cosa non è poi così grave!

Giacomo la guarda esterrefatto.

Alice (*ad Alfredo*) – E poi non ti ho ancora detto una cosa! (*A Giacomo*) Glielo diciamo?

Giacomo – Cosa?

Alice – Sono io a essere incinta!

Giacomo – Ah, sì, è vero.

Alice – Non è una splendida notizia?

Giacomo – Per te, la buona notizia è che tua moglie non è incinta del tuo amante.

Alice – E poi dopo tutto quello che è successo anche a noi… Ne parlavamo giusto poco fa, io e Giacomo. L'importante è restare uniti, qualsiasi cosa accada… Superare le difficoltà… insieme… A quel punto i soldi, in una coppia, finiscono per ricoprire un ruolo secondario.

Alfredo – I soldi?

Alice (*a Giacomo*) – Gli raccontiamo anche questo? (*Giacomo non risponde, prostrato*) Figurati che nella valigia che ti ho prestato per andare a Perugia…

Alfredo – La falsa Vuitton…

Alice – C'era un biglietto del superenalotto…

Alfredo (*distrattamente*) – Ah, certo, un biglietto del superenalotto…

Alice – E stasera guardando la TV abbiamo scoperto di aver giocato i numeri vincenti…

Alfredo – Vincenti quanto?

Alice – 60 milioni.

Alfredo – Ah, certo, ma comunque…

Alice – Non serve dirti che non rivedremo più quel biglietto.

Giacomo – A meno che le foche che hanno recuperato la valigia non si presentino di persona a riscuotere la vincita.

Alice – Capisci adesso? Abbiamo perso 60 milioni al superenalotto, ma ci guadagniamo un bambino che non speravamo più di avere!

Giacomo – Sai come si dice: sfortunati al gioco, fortunati in amore…

Alfredo – Mi dispiace tanto… Per i 60 milioni, intendo… In parte è colpa mia.

Giacomo (*in tono minaccioso*) – In parte?

Alice – Credo che a questo punto sia meglio andare a letto. Su, Giacomo, andiamo…

Alice trascina Giacomo verso la camera da letto. Alfredo resta solo. Si sposta sul balcone e riflette. Poi estrae il cellulare e compone un numero.

Alfredo – Pronto?... No, non sono morto. Mi dispiace avervi deluso di nuovo, suocera cara. Sareste così gentile da passarmi Alessandra? Grazie… (*Dopo un istante*) Alessandra? Sono Alfredo. Senti, ho riflettuto e… Sì, ci ho messo poco, che vuoi farci… Di solito, mi rimproveri di essere troppo riflessivo… così ho preferito dirtelo subito… Non posso perdonarti di essere andata a letto con il mio dentista… Voglio il divorzio… Sì, lo so, sono solo un poveraccio… Sì, lo so, tua madre te l'aveva detto… Ok, il mio dentista ti spedirà domani i documenti… Il mio avvocato? Certo, perché, io cosa ho detto?... Sì, ecco brava, vai a farti fottere pure tu… Buonanotte, Alessandra.

Alfredo chiude la chiamata, riflette, poi estrae dalla tasca della camicia il biglietto del superenalotto e lo guarda.

Alfredo – 60 milioni… Alice ha ragione… Non è ancora domani e mi sento già più lucido… (*Prendendo coscienza della cosa*) 60 milioni di euro! (*Gli trema la mano, il biglietto gli scivola e cade sul davanzale del balcone*) Cazzo… Non è possibile… Oh, accidenti…

Scavalca febbrilmente la ringhiera. All'improvviso scivola, lancia un urlo, perde l'equilibrio, e resta fermo in una posizione che rappresenta l'inizio di una caduta. A questo punto, come in un sogno, si sente un dialogo registrato:

Alessandra – Nulla si può fare contro il destino…

Alice – Nulla…

Giacomo – Certo che però è incredibile…

Alessandra – Era l'unico a non trovarsi a bordo e, alla fine, sarà la sola vittima dello schianto aereo della compagnia *Meno di così si muore…*

Alice – Hai chiamato i pompieri?

Giacomo – Saranno qui tra poco… Pensi davvero che abbia voluto suicidarsi?

Alice – Non si cade così da un balcone.

Giacomo – Se almeno fosse stato lui a dipingere il mio quadro… potrei ancora sperare in un aumento del suo valore.

Suono di una sirena in avvicinamento.

Alessandra – Eccoli… Finalmente ci diranno se Alfredo è davvero morto…

Giacomo – L'aria è decisamente quella, mi pare.

Alessandra – Ma un miracolo è sempre possibile…

Alice – Perché siamo venerdì 13!

FINE

Novembre 2020

www.ingramcontent.com/pod-product-compliance
Lightning Source LLC
LaVergne TN
LVHW010508160826
845677LV00012B/2719

* 9 7 8 2 3 7 7 0 5 4 8 3 1 *